空白

江戸雪
歌集

blank
Edo Yuki

砂子屋書房

＊目次

I

装本・倉本　修

歌集　空　白

I

扉

秋天にナナカマドの実のひとつからまたひと
つ湧き風に揺れいる

群れている実はときとしてひずみつつ憎みあ
いつつ空へと向かう

今朝閉じた扉はおなじ場所にあり鉄の把手の
百合の文様

光だけ連れていくのは何枚も扉をあけて栗色
のベッド

イスファハーン　冷えしあしたの扉《と》を少しず
らせば夢は終わりてゆきぬ

父《ちち》母《はは》は一人子どうし蝶蝶のように暮らしてクッキー食べて

焦がれても棄てても空はかがやくよ　とぎれとぎれの声の屋上

夏果て

焼夷弾のようだと花火をいう父に窓がしずか
に寄りそっている

父の部屋から見えるのは花火なのに夜にひそませる身を想像する

うすい板いちまいごとに部屋がありそのひとつのなか父は仮寝す

あけがたは沙羅のけはいの浴室に雨がこまか
く吹きこんでいる

食ほそい父の記憶のなかに火があることと朝な
夕な忘れて

遠雷は遠ければ遠いほど胸にふかくしずむよ
夏帽子かぶる

本を捨てゴルフクラブを捨て父がうつそみ立
たす窓の空色

トオマス・マン短編集ににんげんへの理解の
さきの愛を羨む

夏果てのあしたの水をイソシギの声音のよう
にグラスにそそぐ

かわきつつシロツメグサの冠がふたつ残され
川は暮れゆく

ブラインドごしにみている夕焼けよ声は情動
よりもふくらむ

鴉と犬

遠いのか近いのか月よテロリズムを夜のタク
シーのラジオは告げて

濡れている髪は重たい　覚悟して触れれば川
となるのだろうか

若木裂くように雨傘広げたり戦争ならば標的
になる

風通るところどころに赤いリボン結わえられ
つつ山道はあり

結びかた知っていますかそのリボンたやすく
風になびいて縊《くび》る

雨と虹とそして死体の温度かな朝いちばんに
取りだす茶碗

亀の足ゆるゆるうごき秋の陽のなかの水面は
さらにしずもる

ほのかなる穴を掘りませ言論の部品のような
球根がある

小さいね世界は冷たく発熱し言葉をぶつけあ
っている穴

水仙の球根埋めるしまいには言葉が言葉をこわしていくから

真っ青な風につばさをぶつけつつ鴉は無言だからゆるされる

球根を埋めたあたりを掘る犬にわりと本気で
憎しみ抱く

吃音

秋の雨あがった空は箱のよう林檎が知らず知
らず裂けゆく

暗き夜のおまえのなかに吃音がオーロラのご
とうごめいており

あ、え、こ、さ、の音がなかなか出てこない
自分の名前もうまく言えない

くちびるは冬の裂け目かひやひやときにさ
びしい風が吹きこむ

初《はつ》冬《ふゆ》に廃線跡を行き行けば前のめりのままケ
ーブルカーあり

虚空とは山にこそありやさしくて見上げるたびに同じ透明

こそばゆく芝生に足をのせていた正義はひとつとおもっていた頃

不在なら不在のままに愛するだけすっからか
んとドアを開けたり

ほしいものは深い林を呼ぶための例えば澄ん
だ木枯らしの声

どんごろとペットボトルは現れて道に広がる
潦《にわたずみ》ひとつ

抱擁

女には関係のない場があるとやさしい眉のむ
なしい声で

圧力のことばはいらぬ花びらは水はじきつつ
川に死にゆく

抑圧をいうとき胸に泥ながれ男の太い眉を見
つめる

山火事のようだ怒りは背中からひたりひたり
と夜空をのぼる

薔薇園に日脚するどくさしていて負けたふり
する男ゆるさじ

ヨーソロー！　と大声だしてみたかった　泣き顔みたいな雲を見上げる

座っても立っても春で大男の手首のような卵焼き巻く

石楠花が咲いてこぼれている夜に抱擁までの
坂のぼりゆく

あごのせて咲かせる花のつめたさにおどろく
だろうか　あなたの肩は

花びらのフリルの残像ゆらしつつ朝《あした》の水のつめたさを呑む

この眉を蔑するもまた愛するも男だというこ
と夜の紫陽花

あなたから瑞木の花を取り出しててのひらに
載すてのひらは空

赤いヤカン

ヘッドフォン壊れたままで渡りゆく川のむこうにヤドリギみえて

ばらがきれいばらがきれいと言うひとよそれ
が嘘なら君を信じる

もっともな言葉ばかりの式典で頭にケーキの
せたひといる

ひたすらに風の冷たいきさらぎは赤いやかん
を買ってそれから

咽喉《のど》すこしいがらっぽくて覚めぎわに記憶の
なかの白木蓮咲く

もどらないボートのようにバゲットがパン屋にありて夕闇は来つ

まふたつに割る卵から朝の陽はしずかに流れさびしむな春

守るとはやわらかな悪　藻川にはきのうとち
がう水が流れて

重たさの記憶をもちて諸腕はねむりゆくわが
胸の上にあり

桜咲く街はかならずぽっかりと翳る場所あり
鳩のにおいの

六甲山みながらいけばゆきあたる川の光の濃
い芦屋川

この風は山風　やさしく背をおされ遊んでば
かりいた頃おもう

大阪城外堀沿いに立っているシロバナタンポ
ポ　イクサハオヤメ

ユキヤナギ権力のようだ盛りあがり輝きたが
り陽をはね返す

権力には権力なのか澄みきった湯に喉笛を沈
ませてゆく

背の低い工場つらなりやわらかい手の平ひら
ひら夕焼けがくる

髪すこし掬って留める春の日の雲のうえには
組織冷えいる

貴船へ

降る前のにおいの川だ上流は重い扉のように
冷たく

川に沿い歩きだすときあならうらが押し上げて
くる初夏《はつなつ》の息

川沿いをゆけばただちにむらさきをひろげる
射干の震えまぶしい

風ふふむ二段の滝はしろじろと水であること
捨てながら水

大胆に落ちていた水いまここの流れのなかに
胴震いして

河の辺は木の根がふとく走りいて枯れ葉がそれによりそっている

苔の上の枯れ葉はさっきの谷風に不時着したと思われて、拾う

射干の咲く坂のぼりゆき射干を呼び射干はいのちのつよい花なり

草生して弛《たゆ》む石段　としつきは手のひらも嘘も夢にかえゆく

毒キノコ踏みつぶす靴あのシーン、隠喩だろうなわたしも踏んだ

かさねれば水のにおいは深くなるてのひら
いつか姉弟だった

にわか雨降ったのだろう坂道は青もみじの下
まだらに濡れる

立つのみの姿をさらし杉は揺れふかいみどり
の空洞が鳴る

ふりおとすのは声なのかせり出した楓の下に
眩みつつ待つ

木の洞に置かれた巣箱苔むして風の断片よび
よせている

もしかして。腕をぐんぐん空に伸ぶ　雨が空
だけ信じるように

認識がかげっては消え目をこらす川のむこう
につきささる鳥

終わるかもしれない世界で息を吐く　放棄、
連帯、どれもはかなく

指先をすこしぬらして浮かばせた水占を読む
告白のように

ナマケモノ

死ぬることしばしば思っているだろう父はゆっくりバスを降りくる

にわたずみにつと水の輪は現れて死もこのように人にひろがる

その川の水は溢れていないのかいつか産んだ子応えざりけり

湧き水に触れていた掌のひろさなど雨降るたびに思い出しおり

存在を海にうかべるほかはなく船はまぶしく窓辺を揺らす

なおらない傷に軟膏塗っている父はうっとり樹懶《ナマケモノ》なり

あると言い又ないと言う冬の夜に震えやまざり父の言葉は

やわらかに手を振る父のボルサリーノは女人堂行きバスに消えたり

人形と人間と春

耳鳴りが耳のふかみに消えた朝ひらりひらり
と青鳥が飛ぶ

白猫のからだ半分あたたかくアスファルトの
うえに寝そべっている

文楽「曾根崎心中」

まず肩がかたむき背《せな》と首が反る人形だけがで
きる哀しみ

徳兵衛へお初の首がかしぐとき勘十郎のまぶたは翳る

あやつられいるのは人形、さもあらず人間または遥かなる魂《たま》

人形と人形の視線あうときはわが本能がふるえやまざり

ロボットは日輪しらず百年を生きてにんげんらしくほほえむ

みとめあうなどいいながら火を燃やすわれわれゆえに消なば消ぬべき

自分だけがにんげんだという顔するな桐の筒花が土につぶれて

ぎこちなく真実もとめ日々はありもとめた先
はいつも別離だ

ウンベルト・サバ

濡れている窓をどこかに感じてるわたしは雨
の廃園なのだ

ウンベルト・サバ読んで寝てトリエステの果てで口づけしてしまうんだ

サバの書く坂はあかるくあるゆえに眠ったあとの南には海

桃熟れて部屋に漂う気だるさが空におよんで
夕ぐれである

話すときより高音の歌声は風にさらわれ樹下
のよこがお

ひんやりと風がかたどるこの時をあなたの眼
鏡さわらせてくれ

夏至の花

夕立は卑怯さの果て屋上はそのたび砂のにおいしている

間に合うか何に間に合うというのか死を見透
かしていた夏至の花

耳もとに鳴っている風あたらしい時間をつよ
くつよく押し出せ

予言することばをにくみ鉄のドア圧《お》したとき
死と光りがあった

喪われゆく息どこへカーテンがふくらむとい
うより捻れている

死者はその口をひらいて真夜中にじっと光り
を呑みこもうとして

死ぬものと死なないものに分けていく思考に
鳥が座礁している

おりてゆく海には何が光るだろう　ねむれ
枯葉の眼鏡を置いて

打ち水のなかに散らばる夕光を追うひかがみ
のあなた、おかえり

夏の生け贄

死ぬ鳥をのみこみながら砂嵐そのただなかにするどくみずうみ

みずうみは夏の記憶と重なりて少女のわれの
肌を触れり

戯れに触られたこと幼くて拒むことさえしら
ずに少女

少女期の記憶に耐えてブロック塀熱されていく夏に佇む

ねころんだそこからも空見えていたけれど青鳥飛んでいたかは

いつ呼びていつ死ぬる鳥ひたすらに瞠きながらなかぞら飛べり

届きたる動画にくらく生け贄の駱駝がうつっている揺れながら

鳥の声するどく祈りをつらぬいて駱駝の葬り
に花はいらない

何事もなかったようにスカートをひるがえし
たのだ駱駝のわたし

おくそくで幹をゆらしているのだろう葉擦れ、
クレイジー、 空はしずかで

どっちみち流す涙は空《そら》だからあざやかに飛べ
さようなら鳥

II

拐《さら》う

袋からあたまを出すこと許されて舟は思想に
のみ突き進む

騒ぐなと言われてそれで馬のごと鬣たらし眠れるものか

膝ついてあるいは首を折り曲げて祈りは潮に呑まれつづける

低反発の枕に首をつけながら一直線のねむりは恥《やさ》し

いくたびも麤《あら》い約束やぶられて沈黙に指生えつづけいる

かなへびを夜の刹那にみうしなう居たことも
居ることも断面

猟銃を触れてしまって蒼白に追いつめていく
みずからの頬

ありえないことはうち消されぬままに百日紅《ひゃくじっこう》
にありったけの花

権力にかえす力を持たぬまま下着のなかのし
めった膚《はだえ》

正面の陽差しにまなこ眩みつつ進みゆきたり
膚《はだえ》するどく

街灯に晒されている大鋏のような小道を通っ
て夜は

再会

裏口をなかばふさいで揺れていたエノコログ
サの残像ゆれる

残像は再会すれば消えるもの消えざりしまま
無音なる海

残像にうすいまぶたを震わせるどこへどうし
てどうやってひとは

再会はどうしようもなく待っていることの翼
の証明なるべく

いくたびも撫でる額なり開きたるまぶたは夜
の微光見つめる

残像をくきやかにせよ海光に消されぬように
瞼をとじよ

秋の道秋のバイバイあと百メートル帰ってこ
ないと幾度言ったか

バイバイと秋に言ったまま帰らないめぐみの
秋のひずみつづける

吹き抜けにまっさかさまの陽のひかり失望を
ただ受け止めている

突きあたりまた突きあたり見覚えのくせ毛も
いまだ写真のなかで

ひんやりと水に沈める葛切りを掬わぬままの
ように秘密は

朝寝したうすぐらがりに葛切りはするどくわれの喉を光らす

どんな空《そら》の組織のために解《ほど》いてはならない紐が夜《よ》に垂れ下がる

立てかけた梯子に触れて百日紅散れるだけ散れわたしは昇る

レンズ抜けおちてゆがんだ草むらがむしろあかるく時間を揺らす

ラムネなど舌にのせたりしたろうかコスモス
いろの雲の甘さの

密雲がこもる夕べの海岸の舟にひとみがとじ
こめられた日

集められまたも会えざり密雲はからまったま
まかきむしられて

拐われたものが誘う秋の国ミヤマアカネを火
の舟となし

バス通りは海につづけり謀られた海だとして
もかがやいている

待ち続ける

沿いながら川のすすきが揺れている無言の岸
に根こそぎの光《かげ》

秋はいま冷えた雨なりひたひたと人へ滲みこむ雑言ながれ

うちつけの「政治利用」という言葉がさかのぼれない時間突き刺す

どんな夜もまぶたは自分で閉じるのだわずか
の本当を水にうつして

ぶつけてる言葉だこれは、と思うとき太い力
がビルを引き抜く

傷つけるだけのことばが蠟燭を貫きほのおは
のたうつ鳥よ

冷ややかに燃やされている火を海とかんちが
いして鳥が溺れる

真っ青なねむりの崖に飛んでこいオリーブなんて銜えない鳥

先端はこつぜんとして天に触れ大公孫樹の枝の瞑目ふかし

待っていることが清らかだと言うなスズカケ
の葉が突っ伏している

待ち続けるひとの言葉は風だから夕焼けの絵
を夕べにはずす

封筒のわずかな紙のかさなりにナイフ差しこ
みなまぐさい胸

封筒のなかの暮れゆく空間を湿った鳥がはば
たいている

風のやむ夕暮れがあり人間のかたちの人形こっち向かせる

死因を問う底なしの闇こだませり冬だからってひとは死ぬのに

不達の手紙

アカシアの花垂れてくるさわりたいさわりたくないたぶん死だから

花と蝶ときどきひっくりかえりつつ花壇は深
いまなざしになる

輪郭へ腕を伸べつづける日々にいくたびラム
ネを舌にのせたか

さし伸べるはずの両腕ひとりひとり垂らして
記憶の輪郭を喚ぶ

花びらが花びらささえハクレンよ抱くべき腕
にひとはかえらぬ

ねじまがる力に怒り秋にまた薄目して見る尾
花のそよぎ

みずからを支えるこころだけがある水たまり
とは待つことの穴

否定

否定して否定してまた飛行機の小さい窓のぶあついガラス

晩秋

湧き水が石と光を掻きまぜて悪意はひとに溢れつづけて

叢にやんわり踏んだ蟷螂をしばらく思いしばらく歩く

ひつじ雲ゆがめる風よ晩秋がほろぼす国もあるかもしれず

柿の実にナイフすべらせ手のひらは触れざる
ものが増えてゆくなり

缶詰に底なしの闇ひしめいて空をうしなう用
意はできた

飛んでいく鴉の羽根のうらがわを見上げるそ
れも主張のひとつ

だがしかし胸に凍えているだけのことばを声
にしてみよ照葉

汚名

花は外で咲かせておやり声しぼりきみが呼び
つづけている花

遠のいて空は頭上をつかさどり枯れ葉をふめ
ば涙こみあぐ

冷えきった闇のひしめく冬空に椿はともり微
かふるえる

嘘がみな蜂となりたる春うらら花から花へにくしみうつす

こじあけて缶のうちがわ密なりぬ黄桃にわずか電流のある

黙るしかない日の雲の白ふかく世界が重いノートになって

洗濯機にまわるタオルが惑星であるはずがなく突っ立っている

ミツマタが枝をひろげているところ汚名はまたも立ち上がりくる

泡のごとミツマタの咲く道があり打ち捨てるとは荒野のことば

シャットダウンしてしばらくの虹色の液晶画
面へ顔のめり込む

耳ひとつふたつみっつつと落ちているように紅
椿咲き終えている

あざやかに雨がやんだらくるものか時を染めゆく称号ひとつ

さっきまで海が見えおり窓は窓を映すことなく夜をゆきたり

気やすめ

雨ふふむ紫陽花は地に触れておりまた気やす
めの言葉流れて

捨てられるため挟まれる　水道管修理のチラシ全き方形

かりそめの場にしてとてもおごそかに駐輪場へ西日射したり

剝いてゆく桃の感傷したたればずぶりずぶり
と食べる夕暮れ

すうすうと吹く白南風よ窓の辺にかかるハン
ガー黙《もだ》をさらせり

窓の外を鈍痛のようなもの過ぎり朝の机はとっさに暗む

工場の壁にもたれる自転車へ雨は降りいる夏至のあとさき

父

春のからだの深いところが動かない　土に捺

される花びら思う

昼ひなかむこうのむこうの橋が見え舟は無言
の光をはこぶ

青空と水の対話は匂い立ちいつしか塵をまき
こんでゆく

光追う小舟だこれは揺らいだら揺らいだぶん
の声がうまれる

自転車が重たいなぜだ街灯がドロップハンド
ルに絡まってくる

手を繋ぐ

白いミトンはめられている父の手がゆらゆら
ゆれて夜に漕ぎ出す

病室でならび眠ればくらやみに思想濃き父の
地平がみえて

眠りつつ日付変更線こえしいつかのように二
人はつばさ

現実のベッドの柵につかまって眠りと眠りの
あいだ見開く
みひらいた白濁の眼に月光がまぶしすぎたか
ふたたび閉じぬ

不器用な父が隣でぶちまけたジュースまみれ
のモルポワ詩集

この世には釦の数だけ穴がありなのにあした
の指がこわばる

四季のないロングビーチはつまらないそう言
っていた父よ、秋だよ

うつむいて首筋白し車椅子押していいのか道
がまぶしい

思いだすのは道ばかり　あなたとの旅とはつ
いに手を繋ぐこと

晩夏《おそなつ》の陽がきざまれている腕が漕いでいるも
の永遠の舟

胸水

四月から九月を一気に破り捨て父と最後の柿をたべよう

人体はあえぐ川なり撫でられて死ぬ怒りさえ
分からなくなる

ドブタミン父を生かしている輸液それでも好
きになれずドブタミン

父の言う「死」はどことなく息が抜けビルの
背中をのぼってゆけり

通路さえ病の果てを知らぬまま息苦しさの父
を運べり

肺の水光れよ窓は固くなり巨大な時間の終わりを告げる

柚子しぼる指さきひりり怒りともちがってただに傷が冷たい

椅子に寝てしずまらぬ火を抱いている天上天
下紫陽花不在

手をひいて歩きし廊下明るかり息もいつしか
笑いとなりて

うごめいている雨雲の窓に寄り母はむつきの
重さを測る

凝視

つちふまずに朝《あした》の光あたりたり歩かない足つややかにして

溜まってしまう水を聞きたし肺葉は重たくしずむ父のむらぎも

この冬の風を知らずにシクラメン浮腫める足にくつした被す

胸の坂　自分の息に耐えながらそんなに見るなと見る我に言う

点滴は部屋のつめたい中空に怒りだろうか吊るされている

山茶花によろこび遠くやしさはもっと遠くて葉陰が揺れる

血管のようにふるえる枝枝を凝視して目は明日を予感す

書きし頃のことは話さず父の詩の象は去りゆく冬の夜空に

食べたがる冬の苺の鈍い赤　数字の夢をまた見たと言い

遠い空が焼けているのはもう言わず背のかた
むきにクッション入れる

ヤマブドウの黒いむらさき包み込み病身の夜
の闇《くら》さの怯え

三日月が胸につまっているからと喘鳴の夜を
ひとり越えゆく

林檎

朝ごとに波打つ胸をたしかめて秋は過ぎゆく
父の傍ら

その息に耐えているとき陰りたる窓へむきた
り梨色の目は

父が目を覚ますたびわが目も開き分からない
まま真闇を触る

川が見ゆ　肺臓にぶくこの夜が父の望んだ眠りだろうか

胸水は今どのくらいその温さつかみとる日をはげしく思う

びしょ濡れのイチョウの黄色びしょ濡れの肺
葉重く冬のあしたに

林檎きて林檎うましといまいちど眠るまえに
も言えりふわりと

鉄柵のうつらぬように撮る花を選《え》ることもまた組織のために

吊るすのはやめよと花は主張せり束を解かれ冷たき卓に

鳥が来ていると言ってもさざめきの風を言っても目を閉じるのみ

ぢごくだと母は言いたり言ってからあやまりにけり道ゆく犬に

みひらいた黒眼はもはや黒くなく父は動悸を
ときめきだと言う

ふいに指冷たくなりて名を呼んだ声が届いて
いない予感に

ここにいる？　どこに居る？　手は宙を揺れ
あなたの舟が世を離れゆく

まだ温い生きている手で思い出を話しましょ
う夜の散歩道とか

ひきしぼる力で死にたる背をぬぐう侵される
ことないままの肌

冬の銀これほど甘い瞬きか死にたる父の髪を
洗えり

絞るときタオルは雨後のにおいして夜に怯える花が咲いてる

玄冬の公孫樹に湿度もうあらず喉《のみど》のなかの声を呼びたり

真夜中の棚から青いみかん出ずカリスマ性を
ほんのり帯びて

死後

竹林を横にずらせば見えてくる怒りや過去や
あふれる水や

胸底にひびく沖鳴り耐えながら瞼がふかくふ
かくかくす眼

記憶していた夜はこれだったのか。いらなく
なった腕を拭いてる

その喉に吸えなくなった空気なら捻じれ咲く
フリージアに纏わる

いらなくてもっともやさしい白髪がわたしの
舟となり夜をゆく

もうラジオもう洗面器その冷えの青ざめてい
く爪を撫でたり

運ばれていくのはとても父に似ていない顔だ
が百合をかぶせる

もっと高くもっと怒って飛べたのか死は理不
尽の大輪の花

海鳴りにおされてゆくかその舟は拭ってもも
うしかたない背中

喘鳴のはじまるときからもういちど　眠って
いいなど言わずもういちど

昼の木の冬すべらかに立つそばを自分のこと
ばが怖くてならぬ

フリージア枯れなさい空涸れなさい君に新しいあしたをあげる

うすずみの空に広がる穴があり動から動はひきぬかれたり

海は背を赤くしながら大きいよ大きすぎるよ
帰ってこない

ふたたび、思う

うしろから水が薫っていた冬に男がひとり拐
われてゆく

鉄板のように蘇りくる海　何をさがしていたのかも、もう

理不尽の部屋に閉じこめられている横顔の子に花渡したし

拐われるこころはついに分からずに海が啼く
ことおもえり夜半に

濡れた眼と塞がれた耳よびだしてよびだして
また望月のぼる

日本の海すなわちそれはあなたがたの海でも
ありぬ娘でもありぬ

人間の嘘は地平にとじこめて巨大な有を連れ
戻しこよ

ひっそりと生命をかけひきする国の闇《くら》さに花
をこそ敷きつめよ

夕映えに二つの出口ひとつには不死と書かれ
てわれは選ばず

死は海をごっそり照らす　羽根たちがいつか
渡ってゆくときのため

存在はあるのにいなくなる、そこに、百合が
自転車になるまで、そこに

花は咲くどのように咲けば花でなくなれるの
だ緋の嘘にまみれて

夕闇はここにもありて帰りたいと思わなくな
るように、ここにも

やがて目は諦めているふりをして　生きるた
め棄て棄てるため生きる

行き先は、ない。けれどある。胸鰭は日ごと
に硬く追憶を抱く

耳はもう海のままなり叫ぶとき連れ去りぎわ
の波が鳴ってる

角砂糖くずれるように果てしなく忘れるため
の花火の記憶

風ならばまだよかったと人間でいることと泣いて開くてのひら

蹴り上げよ人権の玉そんなものどこにもないと空も知ってる

厳寒の貧しさの舌渇きつつ体の行く先うしなわれゆく

すぐそこにある国なのに海ばかり見えて見えないふりをしている

衝動を海に叫べど鳥が死ぬ想像をしてすぐに
打ち消す

開けかけの封筒や走りそこなったトンネルの
闇はぜんぶこの胸

残しきたノートを夜半に思い出し喪失がまた
ぶあつくなれり

その国の言葉を話せ灯台と舟が満月見つめる
真夜に

挿し花の茎はするどく水を欲る奪われし世界
かなたに置いて

花束をばらばらにするようにして手を振って
いる地上と船上

ぽぽんぽぽん呼べば帰って来るのなら喉がまぶしい沼になるまで

地平よりはやくゆけ、声、呼ぶためにありし名前がうずくまっている

暗い海わたって羽のみぎひだり拐われ隠され、
されつづけいる

呼んでいること分からなくなるまでに呼ぶの
は名前どんなにも名前だ

はなやぎの記憶の穴より落ちてくる声つもる
だけつもるだけ海

生きてるか　夜へとツノをさしこめば紅いサ
ザンカつっかえている

呼びつづけ生えてしまった最果てのツノに真冬の花を飾らん

首と首交換せよと海に向く胸にしばらく冬の陽がある

フリージア

冬空が雨になるまで会っていてそのあと地下
は喉笛のよう

残されてがらくたのような空のため銀のカーブの傘をひらいた

写真より老いさせながらいつまでもその眼球の世界見ている

鎮静の海を投与した子はおまえ　おまえなの
だと夜がつぶやく

とりもどす力を　死なせゆく力を　死の肌に
触れ選んでみせよ

はずしたる釦ふたたびはめることあらず決し
てゆるさじこの指

誕生日とて買いきたるフリージアそのかたわ
らに父は死にゆけり

わが生《あ》れし日は別れゆく日となりて父よさよなら饅頭あげる

笑ってる母を喜ぶ父の目を胸にしずめて葡萄をつまむ

揺るがない影抱きしめる木が好きでわれは父
の生まれかわりの木

わんだふるわんだふれ窓開けはなちここで終
わりの風が吹きくる

あとがき

目が覚めた。頭のなかでヤツデの葉が揺れる。ああ、雨か。かすかに聞こえる雨音。

昔住んでいた家の勝手口に植わっていたヤツデは雨が降ると大きな葉を磨ガラスごしに揺らしていた。雨なら雨、風なら風、鳥なら鳥を受けているだけ。私にはそう見えた。

この歌集は二〇一五年から二〇一九年の間に作った歌を三分の一くらいにして編んだ。久しぶりに砂子屋書房の田村さんにお世話になった。深く感謝する。歌を二行書きにする試みも田村さんがすすめて下さりそれに従った。気に入っている。

父は最期まで生きたいという意思を漲らせていた。
「生きたい」。自分でもそう言っていたし、私も家族もそう願った。だから父が亡くなってからしばらく、そして今も苦しい。どうすればよかったのか、もっと生きられたのだろうか。

生きていると理不尽なことがたくさんある。すべてが理不尽なことだと言ってもいいかもしれない。努力は報われないことも多いし、出かけようと楽しみにしている日はだいたい雨だ。それでも私は希望を取り戻そうとそれに立ち向かう。怒って行動することが生きていることだとも思い、報われるまでそれを続けようとする。

死ぬことは突然そこから居なくなることで、それもまた理不尽なこと。けれど、もしかしたら、死ぬことによって父は生の理不尽を生き切ったのかもしれない。そう思うようになった。それからは怖い夢を見て眠られなくなることも減った。

私はこれからも生きる。理不尽なことにはそれが自分のことだろうと他人のことだろうと怒り、いつか乗り越えられることを祈り続ける。

二〇二〇年二月

江戸　雪

塔21世紀叢書第364篇

空白　江戸 雪 歌集

二〇二〇年五月二四日初版発行

著　者　江戸　雪

発行者　田村雅之

発行所　砂子屋書房
東京都千代田区内神田三―四―七（〒一〇一―〇〇四七）
電話　〇三―三二五六―四七〇八　振替　〇〇一三〇―二―九七六三一
URL http://www.sunagoya.com

組　版　はあどわあく

印　刷　長野印刷商工株式会社

製　本　渋谷文泉閣